LES

NAPOLÉOVINGIENS

ODE

DÉDIÉE A SA MAJESTÉ L'EMPEREUR

NAPOLÉON III

PAR

LOUIS TISSIER

ARGENTEUIL, TYPOGRAPHIE WORMS ET CIE.

1861

LES

NAPOLÉOVINGIENS

I.

Oui, l'âme créatrice, éternelle et féconde,
Développe son œuvre et gouverne le monde !
Oui, le cœur paternel, cet abîme de Dieu,
Couve de son amour, embrase de son feu
    La race qui s'élève !
Regardez ! c'est Chlovis, Charlemagne et Capet
Qui viennent tour à tour, instruments d'un décret,
Comme Napoléon, et du sceptre et du glaive,
Des vieux Francs Saliens régénérer la sève !

Suivant le but visible où tend l'humanité,
Suivant l'œuvre d'un siècle et sa virilité,
Le Seigneur, prévoyant, pétrit ses dynasties
Et les fait acclamer, de ses droits investies,
    Sur les pavois humains.
Abraham ou César, Lycurgue ou Bonaparte,
Dans Rome ou dans Paris, au désert comme à Sparte,
Sont les grands pionniers qui creusent les chemins
Que, depuis six mille ans, Dieu trace de ses mains.

Quand un peuple rugit, en brisant ses entraves,
Et se livre aux fureurs où tombent les esclaves ;
Quand la justice en deuil n'a plus que des sanglots ;
Quand au temple, au forum un sang pur coule à flots
    Et soulève leurs dalles ;
C'est alors qu'un sauveur, vêtu de pourpre et d'or,
Paraît transfiguré sur les flancs d'un Thabor,
Et qu'aux chants solennels des marches triomphales,
Le lion apaisé vient lécher ses sandales.

C'est ainsi qu'un héros, — un grec du Parthénon, —
Après avoir uni l'Italie à son nom,
Entraîna ses guerriers d'Arcole aux Pyramides,
En moissonnant pour eux et les palmes numides
    Et l'olivier latin,
S'abattit, comme un aigle élancé de son aire,
Saisit, pour le briser, le faisceau consulaire,
Et du palais des rois se fit un Palatin,
Lorsque sa politique eut fixé son destin.

O spectacle inouï ! cet homme, ce prodige
Débrouille le chaos de nos droits en litige,
Bâtit son monument de la base au sommet,
Et dit à la Terreur, d'une voix qui soumet :
  Ici ta rage expire ! —
Et la France enivrée applaudit ce César,
Qui de lauriers poudreux a fait plier son char,
Quand, près d'atteindre au faîte où son grand cœur aspire,
Sur la base du peuple il asseoit son empire.

Mais l'Europe est hostile à ce fier souverain
Qui préside aux combats avec un front serein,
Qui décuple d'un mot l'ardeur de ses phalanges,
Et qui, d'une main sûre, en des routes étranges
  Dirige ses États.
Et l'Europe aveuglée, inhabile à comprendre
La part que l'Éternel à ce règne a pu prendre,
Recourt dans sa folie aux plus vils attentats,
Et livre aux fouets vengeurs l'honneur des potentats.

Mais qui peut terrasser celui que Dieu protége ? —
Et les rois féodaux que la terreur assiége,
Que la guerre et la paix irritent tour à tour,
S'unissent de nouveau pour agir au grand jour
  Et lui creuser sa tombe.
Mais ils sont tous vaincus, et, muets, consternés,
Devant ce capitaine ils tombent prosternés ! —
Austerlitz et Wagram ! votre double hécatombe
Pourra-t-elle apaiser l'Europe qui succombe ? —

La paix! il l'ennoblit par d'immenses travaux
Qui prouvent son génie et n'ont pas de rivaux :
Le Simplon, — ce vainqueur des masses granitiques,
Cherbourg, — le désespoir des forces britanniques,
      Le protecteur d'Anvers, —
Le Temple de la gloire, et l'œuvre colossale,
Ce fût que l'on dirait buriné pour Pharsale,
Qu'il fit pour nous grandir aux yeux de l'univers,
Et consoler nos fils dans les jours de revers.

Hélas! ils sont venus ces jours trop mémorables,
Ces jours de trahisons, de haines implacables,
Où l'esclave du Nord mit, jaloux de nos droits,
Sur d'infâmes traités la marque de ses doigts!
      Nous courbâmes la tête! . . .
L'Empereur s'immola devant les nations;
Mais les blocs de granit de ses fondations,
Mais le nom de sa race, élevé jusqu'au faîte,
Sont demeurés debout, ont bravé la tempête.

Le Ciel de ce héros voulut faire un martyr,
Afin que ses exploits puissent mieux retentir.
Loin des siens il mourut, flétri par la souffrance,
Torturé par la haine, en léguant à la France
      Le nom de son bourreau! —
Mais le temps a marché. . . Le roc de Sainte-Hélène
A rendu sa dépouille aux rives de la Seine ;
Un autre Bonaparte a saisi son flambeau,
La gloire et le génie ont fermé son tombeau ! ! !

II.

Deux fois, quels souvenirs! la Puissance-Éternelle,
Pour punir les esprits qui spéculent sans elle,
A laissé, pour un jour utile à son dessein,
Végéter le vieux chêne, arraché de son sein,
     Qui meurt sur des ruines;
Et deux fois des rameaux sans sève et sans vigueur,
Sortis du tronc caduc, stérile jusqu'au cœur,
N'ayant pu dans le sol étendre leurs racines,
Sont tombés sous le coup des sentences divines.

Ni leurs droits, ni leur sang issu de Saint-Louis,
Dont le nom parle encore aux peuples éblouis,
N'ont pu les dessouiller de l'odieuse empreinte,
Que les envahisseurs, dans leur terrible étreinte,
     Laissèrent sur leurs fronts.
Deux fois nos ennemis, vainqueurs, les imposèrent,
Et deux fois, à leur tour, nos enfants les chassèrent! —
Héritiers des Gaulois, vous fûtes toujours prompts,
Quand la haine est éclose, à venger vos affronts!

III.

Mais le Juge-Immuable agite sur l'arêne,
Où le sang fume encore, sa verge souveraine.
Mûri par le malheur et la captivité,
Le prince de son choix sort de l'obscurité;
      Pour lui l'heure est sonnée.
L'anarchie en tous lieux étendait ses rameaux,
L'Europe avec effroi voyait grandir ses maux,
Napoléon s'avance et la foule étonnée
Se jette dans ses bras : son âme s'est donnée!

Un nom seul a suffi pour calmer notre sang!
Mais qnel nom glorieux, historique et puissant
Eut jamais comme lui des pages aussi pleines,
Et sut mieux commander aux mobiles haleines
    De l'océan français ? —
Le Deux-Décembre éclate et l'Europe respire,
Car le bon sens public avec l'ordre conspire. -
Le peuple abjure enfin ses indignes excès,
Et Napoléon trois prélude à ses succès.

Ses succès seront grands, car son œuvre est bénie,
Car il tient du Très-Haut la force et le génie,
Et sait qu'il doit bâtir de ses bras de géant,
Et jeter, devant nous, sur le gouffre béant
    Une arche magnifique,
Conquérant de la paix, sage législateur ;
Il agrandit les plans du premier fondateur,
Et, prenant pour ressort l'opinion publique,
Il burine au grand jour le bronze monarchique.

Au nom de la patrie, il groupe autour de lui
Tous les hommes de bien dont le savoir a lui.
Quel que soit le passé d'une âme bienfaisante,
D'un grand cœur valeureux, d'une tête puissante,
    Il veut les conquérir.
« Nous n'avons, leur dit-il, qu'une loi dans notre arche :
« Rendre le peuple heureux et protéger sa marche;
« Suivez-moi, travailleurs ! et, dussions-nous périr,
« Apprenons aux méchants qu'il est temps de fléchir ! »

Il élève la voix et tout rentre dans l'ordre.
L'Envie, aux froids discours, qui voudrait bien le mordre,
Sourit à son courage et ne sait plus vraiment
De quel miel imprégner son mécontentement :
      Tant de clarté l'inonde !
Dans les vieux carrefours, tortueux et malsains,
Où vivaient sans soleil d'infortunés essaims,
La lumière pénètre, et l'atmosphère immonde
Se purifie enfin sous sa chaleur féconde.

Paris émerveillé de palais s'enrichit,
Et l'onde en ses jardins coule et le rafraîchit.
De vivants boulevards ont sillonné Lutèce,
Et notre cité-mère a bondi d'allégresse,
      En voyant notre ardeur.
Le rêve des beaux-arts n'est déjà plus un rêve :
Le Carrousel s'abîme et le Louvre s'achève ;
Henri deux et Louis unissent leur grandeur
Sur ces murs où l'empire étale sa splendeur.

Ce règne sans pareil jette un éclat immense :
Le monde avec respect incline vers la France,
Les plus vastes États veulent se réformer,
Et, surprise inouïe ! on voit se transformer
      La haine britannique.
La Russie a compris, depuis Sébastopol,
Qu'il fallait arrêter son aigle dans son vol,
Et renoncer enfin au vieux plan titanique
Dont Pierre avait nourri sa grande politique. —

Secourir l'impuissant, sauver les nations
Des hideux attentats, fruits des ambitions,
Abriter le bon droit, à l'heure des tempêtes,
Et clore enfin chez nous l'époque des conquêtes,
        C'est son code avoué.
Mais l'Autriche orgueilleuse a bien d'autres mobiles;
Et ses hommes d'État sont beaucoup trop habiles,
Autour du tapis vert où le monde est joué,
Pour suivre en novateurs ce prince dévoué.

Chrétiens! faudra-t-il donc accepter ce divorce
Ou livrer l'Italie aux rigueurs de la force?
Mais la France s'émeut, prend l'or à pleines mains,
Et crie à l'Empereur : « Sauvez les vieux Romains!
      « Que l'œuvre s'accomplisse !! »
Atteint, battu, fuyant, l'Autrichien en deux mois
Perdait la Lombardie et recevait nos lois;
L'Empereur triomphait! Et toi, notre complice,
Tout en brisant tes fers, tu courais dans la lice!

L'Afrique, après trente ans, voit l'aube de la paix,
Car l'auguste clémence a conquis ses respects;
Cette terre de feu, berceau de notre armée,
Qui fut à nos progrès tant de siècles fermée,
        Commence à nous bénir. —
De Saigon, de Pé-Kin nous ouvrons les murailles ;
L'énervant paganisme, atteint dans ses entrailles,
En voyant dans les airs cet ouragan venir,
Tombe au pied de la croix, seul rayon d'avenir ! —

Magnanime Empereur! quelle gloire est la vôtre!
D'un nouveau droit public Dieu vous a fait l'apôtre;
Avec autorité, par vos enseignements,
Vous assistez les rois dans leurs enfantements :
La terre est affranchie!
Pour tout peuple mûri, fier de sa puberté,
Vous résumez en vous l'ordre et la liberté;
Vos immenses bienfaits ont tué l'anarchie,
Et votre âme a fondé la grande monarchie!!!

Argenteuil, décembre 1861.

OUVRAGES DU MÊME AUTEUR :

Album tissiérographique. — Paris, 1841 ;
Historique de la gravure typographique sur pierre et de la
Tissiérographie. — Paris, 1843 ;
Mémoire sur les nouveaux papiers de sureté, présentés à
M. Lacave-Laplagne, ministre des finances. — Paris, 1843 ;
Annexe au mémoire sur les papiers de sureté. — Paris, 1844 ;
Tableau synoptique de la théorie des papiers de sureté. —
Paris, 1844 ;
Chants fraternels. — Cologne, 1848 ;
Affranchissement des producteurs intellectuels. — Paris,
1849 ;
Études sur la constitution de la propriété intellectuelle.
— Articles publiés dans les journaux. — Paris, 1855 et 1856 ;
Institution des communes industrielles. — Articles publiés. —
Paris, 1857 ;
Odes, Épîtres, Fables et Poésies diverses. — Publiées de
1855 à 1860 ;
La Satire au XIXe siècle. — Satires publiées en 1856 et 1857.

SOUS PRESSE :

Tissiérographie, gravure typographique sur pierre ;
Maître Hiram, drame historique en cinq actes, en vers ;
La Lance d'Achille, comédie en trois actes, en vers.

www.ingramcontent.com/pod-product-compliance
Ingram Content Group UK Ltd.
Pitfield, Milton Keynes, MK11 3LW, UK
UKHW021054120726
13693UKWH00006B/2629